CUENTO
DE LUZ

Para Danièle y José Manuel, que tantas veces
han despejado de nieve las vías de nuestro tren.

- Susanna Isern -

Para Irene y Rebeca, compañeras de viaje.

- Ester García -

© 2014 del texto: Susanna Isern
© 2014 de las ilustraciones: Ester García
© 2014 Cuento de Luz SL
Calle Claveles, 10 | Urb. Monteclaro | Pozuelo de Alarcón | 28223 | Madrid | España
www.cuentodeluz.com

ISBN: 978-84-15784-80-7

Impreso en China por Shanghai Chenxi Printing Co., Ltd., abril 2014, tirada número 1426-3

FSC
www.fsc.org
MIXTO
Papel procedente de
fuentes responsables
FSC® C007923

TREN DE INVIERNO

SUSANNA ISERN

ESTER GARCÍA

Amanece en el bosque del norte, las hojas caen
de los árboles. Los animales se despiertan
y comienzan a preparar el equipaje.

—¡No encuentro mi cepillo! ¡Estoy
perdido! —exclama Gato Montés
preocupado.
—Necesito otra maleta. ¿Alguien
me presta una? —pide Cierva,
que es muy presumida.
—No olvides apagar la luz, Conejo.
El año pasado estuvo encendida
durante seis meses —recuerda Tejón.

Con las maletas listas, llegan las despedidas.

—No os preocupéis por mí, alguien tiene que quedarse a guardar el bosque. Además, adoro el frío —asegura Lechuza Blanca.

—Seis meses pasan volando, estaremos
bien —consuela Rana a los peces que,
algo tristes, nadan en el río.
—Te echaré de menos, madriguera —se
despide Zorro de su hogar.

A media mañana se reúnen todos junto al árbol
más anciano. Allí hará su parada el tren.

—Siempre que dejamos el bosque
del norte siento una gran
nostalgia —suspira Perdiz.

—Y cuando abandonamos el bosque del sur nos ocurre exactamente lo mismo —afirma Erizo.

—¡Esperad! ¡Esperad! ¡No me dejéis aquí! —grita Tortuga, que, como de costumbre, llega la última.

De pronto...

¡Chu-chu! ¡Chu-chu!

El tren de invierno se acerca.

¡Chu-chu! ¡Chu-chu!

Y como todos los años por estas fechas, llevará a los animales a pasar los meses fríos a un lugar más cálido. Viajarán desde el bosque del norte hasta el bosque del sur.

Una vez en el tren, los animales ocupan sus asientos.

—Yo prefiero ventanilla. Me mareo fácilmente —asegura Marmota.

—Puedo fiarme de ti, ¿verdad, amigo Lobo? —bromea Cabra
al sentarse a su lado.

—Me pondré debajo de una butaca, allí estaré más cómodo —dice
Murciélago, que tiene predilección por la penumbra.

El tren de invierno avanza en dirección al sur. Aunque llevan varias horas de viaje, los animales están muy animados: charlan, cantan, juegan a las cartas...

—¡Es terrible! —se sobresalta Gineta de repente—. ¡Nos hemos olvidado de Ardilla! ¡Hay que regresar a buscarla!

—Pero, si volvemos ahora, corremos el riesgo de quedar atrapados por la nieve... —advierte Castor mientras señala el cielo amenazante a través de la ventana.

—No podemos dejar a Ardilla. Ella no resistirá el frío que se avecina —asegura Hurón.

—¡No se hable más! ¡Iremos a buscarla! —deciden los animales sin dudarlo.

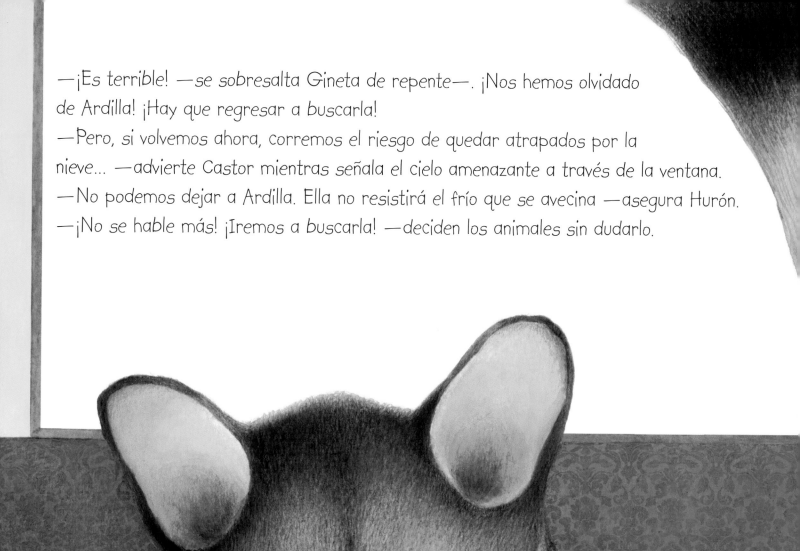

El maquinista detiene el tren e inicia el camino de regreso. Poco a poco bajan las temperaturas y los primeros copos helados comienzan a caer.

Cuando llegan al bosque del norte, el paisaje es completamente blanco. Gineta baja del tren y se dirige a casa de Ardilla dando pequeños saltos sobre la nieve.

El árbol de Ardilla está muy solitario. Gineta trepa
por el tronco hasta la parte hueca. En un rincón
encuentra a su amiga hecha un ovillo. Tirita
tanto que puede oír sus dientes repicar
los unos contra los otros.

—¡Ardilla! ¡No hay tiempo que perder!
¡El tren nos espera! —la sorprende Gineta.
—¡Habéis vuelto a rescatarme! —dice
Ardilla emocionada, aunque tartamudeando
por el frío—. Ayer me entretuve contando
estrellas hasta muy tarde y cuando me he
despertado esta mañana el tren ya había
partido —explica.

Gineta y Ardilla
corren hacia el tren.
Al ver que Ardilla está
a salvo, todos los animales
estallan de alegría y la reciben
con mil abrazos. El maquinista
calienta motores para emprender
nuevamente el viaje, pero ha nevado
tanto que, en poco tiempo, la vía ha
quedado completamente cubierta. ¡Están
atrapados! El día se apaga tras las montañas,
el frío cada vez es más intenso y los animales
comienzan a perder la esperanza.

Tras pensar un rato, Oso tiene una buena idea:

—Podemos intentar despejar la vía. Juntos lo lograremos.

Entonces los animales bajan del tren y comienzan a quitar nieve. Oso avanza rápido con sus grandes zarpas y los más pequeños vacían los rincones con sus patas y alas. Tras mucho esfuerzo, las vías quedan liberadas.

El calor de los motores ha ido derritiendo la nieve más próxima. También algunos animales empujan con energía por detrás.

De pronto...

¡Chu-chu! ¡Chu-chu!

El tren comienza a moverse.

¡Chu-chu! ¡Chu-chu!

Los animales suben a toda prisa y ocupan nuevamente sus asientos. ¡Lo han conseguido!

Anochece en el bosque del norte, nieva sobre los árboles.
Ardilla permanece acurrucada, en busca de calor, bajo
las grandes alas de Águila. Los animales sonríen satisfechos.
Algunos permanecen agarrados de la mano, otros se han quedado
profundamente dormidos y suspiran tranquilos.

Mientras tanto avanza sin pausa en la noche cerrada, bajo la nieve,
envuelto en el frío gélido, hacia la promesa de los bosques
del sur... el tren de invierno.